AF542473

RENÉ BERTON
(HERBEY)

La Suppliciée

Illustrations d'Henri Gousse

BORDEAUX
G. GOUNOUILHOU, IMPRIMEUR-ÉDITEUR
11, rue Guiraude, 11

RENÉ BERTON
(HERBEY)

La Suppliciée

Illustrations d'Henri Gousse

BORDEAUX
G. GOUNOUILHOU, IMPRIMEUR-ÉDITEUR
11, rue Guiraude, 11

La Suppliciée

RENÉ BERTON
(HERBEY)

La Suppliciée

Illustrations d'Henri GOUSSÉ

BORDEAUX
G. GOUNOUILHOU, IMPRIMEUR-ÉDITEUR
11, rue Guiraude, 11

IL A ÉTÉ TIRÉ DE CET OUVRAGE

400 EXEMPLAIRES

dont

370 sur papier vélin,
15 sur papier à la forme,
15 sur papier Japon.

HENRI GOUSSÉ.

I

Lorsque le très haut et très puissant seigneur Enguerrand, duc de la Garrigue, sentit le froid de la vieillesse s'infiltrer peu à peu dans ses veines, glaçant ses membres et courbant sa haute taille ; lorsqu'il s'aperçut que l'épaisse toison de sa barbe et de sa chevelure, jadis noire comme les ailes des corbeaux familiers de ses tours, devenait toute blanche, il éprouva l'atroce douleur de se sentir seul, dans son grand château, au milieu de l'indifférence respectueuse de ses serviteurs. Il était dans cette phase indécise de la vie, sorte de ménopause mâle particulière aux hommes habitués à vivre une existence toute physique, moment critique où, les forces du corps commençant à décroître, l'âme, qui jusque-là était restée comme ignorée dans un coin de l'être, se dégage peu à peu de cette chair qui l'étouffait, et semble refleurir en une seconde puberté. Il restait maintenant de longues heures, aveulé dans son fauteuil, près d'une fenêtre ouverte, regardant sans rien voir dans le vague, l'esprit noyé dans la mélancolie de la songerie..... Il avait, par moments, pour des riens, un chant naïf de paysan entendu le soir en le lointain calme de la campagne, la plainte triste du vent engouffré dans les couloirs du château, des attendrissements subits qui lui serraient le cœur et lui remplissaient les yeux de larmes.

Depuis le temps qu'il marchait dans la vie comme une brute, droit devant lui, sans voir où il allait, il éprouvait maintenant le besoin de se retourner pour voir le chemin parcouru ; et en de tristes songeries il revivait son existence. Sa seule passion avait été la guerre ; il avait été mêlé aux énormes combats de l'époque, et, sur son grand cheval bardé de fer, dominant tous les autres de sa taille de géant, il avait galopé furieusement au plus compact des mêlées, auréolé du flamboiement de sa lourde épée, abattant des bras et fendant des crânes, avec le « han » sonore d'un bûcheron

abattant des branches. Lorsqu'il eut bien combattu, lorsqu'il eut promené le triomphe de sa force un peu partout, lorsqu'il fut bien saoulé de sang, il réunit ses compagnons d'armes et, tranquillement, revint en son château, qui se dressait sauvage sur l'escarpement d'un roc. En souvenir de la guerre, il s'était mis à chasser, et, tous les matins, les portes du château s'ouvraient toutes grandes, et dans l'appel résonnant et clair des trompes et des cors, suivi de la cavalcade joyeuse de ses gens, le seigneur s'en allait, de par les forêts profondes, l'épieu à la main, chasser les loups et les sangliers.

Il n'avait jamais voulu prendre de compagne, considérant la femme comme un être inférieur et vil, indigne d'associer son existence à celle d'un fier chevalier. Pourtant, dans ses chevauchées à travers la campagne, quand il rencontrait sur son chemin quelque belle fille des champs vigoureuse et saine en la splendeur glorieuse de son corps librement développé, il sentait, à la vue de cette chair fraîche, gronder dans son être les tout-puissants désirs ; il faisait alors un signe à ses hommes, et, malgré ses cris et ses pleurs, la fille était enlevée, emportée au château, et le soir, quand il rentrait, il la trouvait blottie, toute peureuse en le grand lit seigneurial à colonnes torses, élevé sur une estrade comme un trône. Mais, dès le lendemain, les sens repus, il renvoyait la fille et faisait brûler les draps et les couvertures qu'elle avait souillés de son corps.

***

C'était une de ces exquises matinées où la nature, incomplètement réveillée de son long sommeil de la nuit, semble rêver encore tout haut dans le murmure chuchoteur du vent, dans le bruissement frêle des ruisseaux, dans le frissonnement sourd des bois dont les arbres semblent étirer leurs branches comme des bras fatigués d'être restés trop longtemps immobiles; où tout ce qui respire, tout ce qui vit, tout ce qui a une voix, prélude par des accords discrets à la grande symphonie lumineuse du jour.....

Le seigneur s'en allait, pensif, à la chasse. Il allait lentement, laissant cahoter inertement son corps par le rythme de sa monture, l'esprit abîmé dans une rêverie maussade. Jamais il ne s'était senti si délaissé qu'au milieu de cette vie bruyante, si vieux qu'au milieu de cette jeunesse éternelle des choses. Jamais il n'y avait eu plus d'oiseaux jaseurs dans les branches, et plus de fleurs jolies aux buissons, et jamais il n'avait été plus triste. Toute cette gaité, toute cette force lui faisait mal... Par moments, des poussées sourdes de rage lui empourpraient le visage ; il aurait voulu faire taire tous ces bruits qui semblaient narguer le vide et le silence de son âme ; il aurait voulu l'empêcher de souffler, ce vent qui lui caressait le visage de sa fraîcheur exquise; il aurait voulu jeter bas tous ces arbres pleins de chants et de bruits d'ailes, dont les rameaux lui effleuraient, irrévérencieux, le visage; couper toutes ces fleurs qui semblaient s'incliner ironiquement devant lui, en la souplesse lente de leurs tiges, ouvrant comme des cassolettes rares leurs corolles embaumées dont le parfum, très doux pourtant, lui montait au cerveau et le grisait comme un mauvais alcool. Ses gens, derrière lui, ne se doutant de rien, causaient entre eux gaiement; brutalement il les fit taire. Un enfant qui, au même instant, déboucha au coin de la route, insouciant, chantant un refrain gai, les doigts amusés d'une badine, mit le comble à sa fureur. Il se précipita sur lui, comme une brute, les yeux méchants, et leva son lourd épieu comme pour l'assommer; l'enfant, blême de frayeur, était tombé à genoux, les yeux pleins de larmes, les bras suppliants. Le duc le frappa rudement du bois de son épieu en hurlant :

— Pourquoi chantes-tu, toi ? Je ne veux pas que tu chantes !

Puis, il continua son chemin, farouche, satisfait cependant d'avoir un peu détendu ses nerfs.

Et voici qu'au détour du sentier il aperçut une femme qui gardait des moutons. Elle était jolie et frêle comme une vierge de missel, et dans ses grossiers habits de paysanne, sa lumineuse beauté avait si grand air qu'il s'arrêta émerveillé. Tout de suite, de peur qu'elle ne s'en allât, il fit le signe convenu, et deux hommes de son escorte, ployant leur rudesse habituelle en une douceur instinctive, s'approchèrent d'elle et, malgré ses supplications et ses sanglots, l'enlevèrent et l'emportèrent au galop hâté de leurs chevaux vers le château.

Le seigneur poursuivit sa route, songeur, se demandant quelle était cette princesse qui gardait des moutons, et tout le long du jour son esprit resta hanté de cette vision. Dans sa hâte de la voir de près, il pressa le retour, et en rentrant au château, il la trouva, suivant ses ordres, dans son lit.

Et quand il s'approcha d'elle, il vit qu'elle pleurait; et quand il voulut la prendre dans ses bras comme il avait pris les autres femmes, il vit dans ses yeux noyés de larmes une si profonde douleur, une supplication si ardente que lui, le vieux guerrier, qui ne connaissait pas la compassion, qui, dans la bataille, abattait les hommes froidement, sans que rien ne bougeât dans son cœur, eut pitié de cette femme qui pleurait, et n'osant la toucher, il la laissa... et le lendemain, en s'éveillant, quand il la vit étendue à son côté, si belle en son sommeil, ses bras levés gracieux et souples en l'épars soyeux de sa chevelure blonde, ses longs cils abaissés frangeant d'ombre ses joues, sa bouche rose entr'ouverte et laissant voir la lueur laiteuse des dents, au lieu du furieux désir qui, d'ordinaire, lui brûlait la peau et le faisait se précipiter comme une brute, les yeux saouls de luxure et la poitrine haletante, il sentit au plus profond de son être quelque chose d'infiniment bon qu'il n'avait jamais éprouvé : il lui semblait que son cœur s'ouvrait tout d'un coup, s'élargissait, lui remplissait toute la poitrine, et que de son cœur ouvert une chaleur délicieusement douce lui montait au cerveau, lui donnant, malgré lui, l'envie de rire et d'être bon.

***

Quand il se fut bien rendu compte de cette étrange sensation, quand il comprit que c'était de l'amour, il n'hésita pas, et lui, le fier Duc, le très haut et très puissant Seigneur dont le blason était d'azur couronné de croisillons d'argent, et qui avait refusé l'alliance des plus nobles et des plus riches héritières, épousa, en la petite chapelle de son château, la gardeuse de moutons; et vraiment, dans la splendeur de sa robe nuptiale, la petite châtelaine était si noblement belle que les gens du château ployèrent le genou devant elle, en une admiration sincère.

***

Le vieux duc comprit tout de suite qu'il ne pourrait jamais aimer sa femme Alix comme il avait aimé ses amantes d'une nuit. L'amour, qui soudain avait flambé en lui, était doux et pur comme un amour de père; il adorait Alix comme une Madone, comme quelque chose de sacré, et même quand ils étaient couchés, dans le contact de leurs chairs, elle toute blanche dans sa longue chemise de soie, avec ses beaux bras nus sveltes comme des cols de cygne, à l'abandon sur le lit, sa nudité était si délicate, si chaste, qu'il n'éprouvait aucun désir bestial. Elle était pour lui comme un joujou infiniment précieux et rare ; et quand il la prenait, l'enlevant de terre, pour l'embrasser, ses gestes étaient gauches et hésitants ; ses mains, ses grosses mains, qui ne semblaient faites que pour être emmanchées au bout de sa pesante épée, avaient des maladresses lourdes, comme s'il avait eu peur de la briser entre ses doigts velus. Il aurait voulu se mettre à genoux devant elle et baiser longuement ses petits pieds si blancs, si menus. Souvent il l'habillait dans de somptueuses étoffes brochées d'or; il la faisait asseoir dans son grand fauteuil seigneurial, et prenait un plaisir enfantin à la voir si frêle, si petite en ses lourds habits, se détachant, toute blanche, sur le sombre du fauteuil; il restait des heures entières, prosterné devant elle, en une adoration extatique, et il en sortait transporté d'une joie immense, et il enfourchait son cheval, et s'enfuyait par la campagne, en de furieuses galopades, avec un besoin de respirer à pleins poumons, de sentir le vent lui flageller la face, et de hurler sa joie, dans une exubérance folle.

***

En changeant si soudainement de situation, Alix fut pendant quelque temps toute troublée ; ce luxe, auquel elle n'était pas habituée, ces somptueux costumes, ces honneurs dont on la comblait, ce très puissant seigneur en adoration devant elle, tout cela la bouleversait : il lui semblait être soudain transportée dans un de ces palais enchantés dont elle avait si souvent rêvé en le vagabondage de son imagination. Mais, lorsque, solennellement, en la petite chapelle du château, le seigneur l'eut prise pour femme, lorsque, assise auprès de lui sur le trône, graves en la raideur de leurs costumes de cérémonie, elle vit à ses pieds tous les vassaux du duc lui jurer obéissance et fidélité, elle finit par croire à la réalisation de son beau rêve.

Tout de suite, avec la souplesse de son esprit d'enfant, elle se fit à sa nouvelle existence, et le Seigneur était ravi de la voir se débarrasser peu à peu de cette frayeur instinctive qui, avant, quand il voulait la prendre pour l'embrasser, la faisait se blottir dans un coin, frémissante et les yeux béants de frayeur. Elle s'apprivoisait maintenant; le maître ne lui faisait plus peur: elle se laissait prendre en souriant dans ses énormes bras; elle en était arrivée à s'amuser de lui comme d'un bon chien terrible et doux que l'on peut taquiner et battre sans craindre qu'il morde..... Lorsqu'il était assis dans son grand fauteuil, elle s'amusait à grimper sur ses genoux, se blottissait toute petite et toute frêle, sur sa large poitrine où elle semblait disparaître, la tête enfouie dans la neige chaude et soyeuse de sa barbe blanche, et lui, fermant les yeux, l'entourait de l'étreinte puissante de ses bras, et sentait son vieux cœur se fondre, à la sentir si près de lui, si confiante et si douce.

II

LE duc et son épouse Alix étaient tous les deux dans la grande salle, lui écoutant en souriant son joli babil d'enfant, quand elle s'interrompit soudain, un doigt sur les lèvres, le cou tendu : par la fenêtre grande ouverte, un chant pénétrait, mélancolique, et la voix jeune et chaude avait, par moments, des ralentissements et des inflexions si douces qu'Alix, instinctivement, levait les yeux au ciel, cherchant à voir quel était cet oiseau qui passait à grands coups d'ailes.

— O maître! dit-elle soudain, les mains jointes et les yeux suppliants, ô maître, donnez-moi ce bel oiseau qui chante si bien!

Le vieux duc sourit :

— Ce bel oiseau, c'est mon petit page Loys qui chante sa tristesse, car, avant que tu ne viennes, chère petite amie, illuminer ma solitude de la

HENRI · GOUSSÉ ·

clarté de tes yeux, je le faisais venir aux heures lourdes d'ennui du crépuscule, et il me chantait les exploits guerriers des fiers chevaliers, le tumulte des grandes tueries et la gloire des combats ; et à l'entendre chanter, mon vieux cœur se souvenait et battait plus vite ; mais, maintenant que tu es là, je n'ai plus besoin de ses chants pour m'égayer : je ne m'occupe plus de lui, et à son tour il s'ennuie, et tu l'entends, il chante son ennui.

— Je voudrais bien le voir ! dit Alix toute songeuse.

Le seigneur fit un signe et, quelques instants après, le petit page entrait, son rebec sous le bras. Il était frêle et gracile comme Alix, et sous sa lourde chevelure qui lui encadrait le visage de ses boucles blondes, ses yeux, ses yeux bleus d'enfant s'ouvraient tout grands, pleins de rêve. Il enleva, en entrant, d'un joli geste, sa toque de velours, s'inclina longuement devant Alix, et, l'air indifférent, préluda par quelques accords. Alix s'était pelotonnée sur la poitrine du vieux duc, les bras à son cou, la joue appuyée sur son épaule; elle regardait Loys, le trouvant joli, et son cœur battait un peu, dans le pressentiment vague que quelque chose d'étrange allait se passer.

Et Loys chanta : c'était une chanson guerrière comme les aimait le vieux duc. Il chantait les hauts faits des nobles chevaliers qui vont au combat, impassibles et fiers, ayant, nouée sur leur cœur, l'écharpe de leur dame ; le vieux duc, enfoncé dans son fauteuil, souriait béatement et suivait la mesure d'un dodelinement de la tête ; puis, soudain, bercé par le rythme que le petit page semblait se complaire à rendre monotone, ses yeux se fermèrent, sa tête fléchit sur son épaule et il s'endormit.

Comme s'il n'avait attendu que ce moment, Loys interrompit sa chanson guerrière, se redressa, cambra sa taille fine et souple, et le regard planté droit dans les yeux d'Alix qui le regardait étonnée, il chanta d'une voix douce et un peu triste une chanson naïve d'amour qu'il avait composée dans le calme de ses insomnies, lui-même, car il était poète.

Et voici ce qu'il chanta :

Venue un jour la châtelaine,
La châtelaine aux yeux jolis,
Parfum de lys ;
Venue un jour la châtelaine,

De par les très lointains chemins,
Avec des roses dans les mains,
Chantant très douce cantilène,
Parfum de lys et marjolaine.

M'a regardé la châtelaine,
La châtelaine aux yeux jolis,
Parfum de lys ;
M'a regardé la châtelaine,
Et ses regards étaient si doux
Que j'ai ployé mes deux genoux,
Sentant passer dans son haleine
Parfum de lys et marjolaine.

M'a pris les yeux la châtelaine,
La châtelaine aux yeux jolis,
Parfum de lys ;
M'a pris les yeux la châtelaine,
Et les a mis dans ses cheveux,
Comme des fleurs couleur des cieux;

....

Et j'erre, aveugle, dans la plaine...
Parfum de lys et marjolaine.

M'a pris mes dents la châtelaine,
La châtelaine aux yeux jolis,
Parfum de lys ;
M'a pris mes dents la châtelaine,
Et pour plaire à son chevalier,
Elle en a fait un beau collier,
Qu'elle a mis à son cou de reine...
Parfum de lys et marjolaine.

M'a pris mon cœur la châtelaine,
La châtelaine aux yeux jolis,
Parfum de lys ;
M'a pris mon cœur la châtelaine,
Puis, en riant, dedans son sein
L'a mis tout à côté du sien...
Et mon cœur lui conte sa peine...
Parfum de lys et marjolaine !...

Alix l'avait écouté comme on écoute en rêve, immobile sur la poitrine du duc, le cœur battant à grands coups : cette voix tremblante d'émotion si tendre, disant des choses si douces, ces yeux qui ne quittaient pas les siens, étranges, tantôt humbles, suppliants, noyés de mélancolie, tristes, comme prêts à pleurer, tantôt pleins de flammes, orgueilleux, hautains, presque durs... tout cela la troublait délicieusement. Et quand il eut fini de chanter, quand la dernière note se fut envolée, très lente, comme alourdie, elle fit un si brusque mouvement pour le supplier de continuer que le vieux duc se réveilla :

— Eh bien ! enfants !

Puis, remarquant le trouble d'Alix :

— O petite chérie, tu es toute rose d'émotion, tes yeux sont brillants et je sens sous ma main ton cœur qui saute comme un oiseau qui voudrait s'envoler ; Loys a dû, sans doute, te chanter une de ces terribles chansons de guerre, pleine de heurts d'épées et de râles de blessés ?

— Oui, maître, dit Loys, sans oser lever les yeux de peur de rire ; j'ai chanté les aventures du vaillant chevalier

Renaud, sire de Crozant, qui mourut en Palestine, torturé par les infidèles.

Et il regarda Alix, s'inclina respectueusement devant elle et sortit de la salle, ayant sur les lèvres un étrange sourire.

III

DANS un besoin irrésistible de détendre ses nerfs et de dégourdir ses muscles endormis dans ces longues extases devant Alix, le vieux duc, insensiblement, s'était remis à chasser; et dès qu'il était parti, dès que le dernier homme de sa suite avait disparu au détour du chemin, Loys, qui les guettait du haut de la tour, descendait vite et entrait chez Alix qu'il trouvait assise dans le grand fauteuil, l'attendant; elle l'accueillait d'un long sourire, et lui se couchait à ses pieds, sur un coussin, et lui chantait ses plus douces chansons. Il s'était tout de suite rendu compte du sentiment très pur et très platonique qui unissait le duc et Alix, et dans sa perversité sensuelle d'adolescent vigoureux, il s'était bien promis de conquérir cette âme et ce corps qu'il devinait vierges.

Et c'étaient des chansons troublantes, toutes parfumées de tendresses voluptueuses, et dans le silence de la grande salle, les accords dont il s'accompagnait sur son rebec, claquaient sonores et frais comme des baisers.

Dans une gradation savante, il lui chantait toute la gamme de l'amour.

Il lui chantait d'abord le réveil du cœur qui semble s'épanouir aux premières paroles douces, comme une fleur en bouton aux premières caresses du soleil ; les balbutiements exquis d'une âme qui ne sait pas encore, qui s'étonne et hésite ; il lui chantait la chanson des frôlements involontaires, l'effleurement très léger des cheveux de l'aimée sur le front et sur la joue, alors que, penchés sur le même livre, on fait semblant de lire ; les mains qui se touchent en passant et qui s'écartent, brusques et nerveuses, avec, aux doigts qui tremblent, une sensation de brûlure ; il lui chantait la chanson des regards très doux qui se cherchent, timides, et se détournent aussitôt rencontrés, comme pris de peur... ; la chanson des premiers baisers : le baiser discret, posé sur les ongles roses, sur les doigts, sur le poignet, et qui semble monter le long des blancheurs grasses et duvetées du bras, pour aller se nicher dans les floraisons mystérieuses de l'aisselle ; le baiser énervant, planté par surprise sur la nuque baissée, dans le frissottis léger des petites boucles folles ; le baiser sur les yeux palpitants, comme inquiets, sous les lèvres gourmandes qui s'y attardent longuement, amusées du chatouillement exquis des cils ; le baiser sur la bouche, pur et chaste comme le baiser de deux âmes, alors que les lèvres ne connaissent pas encore les raffinements troublants des étreintes savantes; puis il chanta l'éveil des sens : la chanson des frissons qui courent longuement à fleur de peau, comme des pattes veloutées d'invisibles arachnides; la chanson des désirs tout-puissants qui font sauter le cœur et battre les tempes; la chanson des yeux fous, ardents comme des braises, où semblent se concentrer toutes les forces de l'être, et dont les regards aigus et bleus comme des lames se heurtent et semblent vouloir se pénétrer et se fondre l'un dans l'autre; les lèvres gloutonnes, crispées et tremblantes d'énervement, qui s'entr'ouvrent, avides d'étreintes; les poussées féroces de désir brutal qui donnent l'envie folle de se ruer sur l'aimée, la gorge pleine de râles, la bouche ouverte et les dents méchantes, avec un besoin de mordre et de faire du mal... ; puis, enfin, la possession glorieusement brutale, l'Hosannah solennel et divin chanté par la chair toute-puissante et seule vraie, le triomphe de la Chose, la sanctification de l'Acte ; l'âme perdue, écrasée, sombrant, comme morte, dans le désarroi des idées, dans l'acuité exaspérée d'une sensation unique et charnelle..... Il lui chantait la chanson des enlacements éperdus, de l'étreinte meurtrissante de deux corps qui semblent n'en faire qu'un dans l'écrasement des muscles; la morsure des lèvres qui s'étreignent comme des ventouses, font saigner les gencives et grincer les dents entrechoquées, atrocement, comme un liège que l'on coupe...; la chanson des baisers nerveux qui mordent en pleine chair et pénètrent jusqu'au cœur qui défaille, dans la musique étrange et troublante des mots inconnus et sans suite râlés tout bas...; puis, après le cri suprême de la brute satisfaite, l'assouvissement des sens, la prostration du corps qui n'en peut plus et qui tombe, à la renverse, comme une masse saoule, inerte, sans avoir la force de faire un mouvement, les yeux clos et les oreilles pleines de bourdonnements, avec, par instants, des soubresauts brusques de la chair qui se souvient ; il lui chantait cet anéantissement exquis de l'être qui ne pense plus à rien, avec la sensation très nette que le cerveau se vide comme par une invisible fêlure, que les battements désordonnés du cœur et des tempes s'apaisent, et que les vibrations de la chair diminuent, s'éteignent et disparaissent, lointaines et affaiblies, noyées dans le calme de l'âme qui se réveille peu à peu, très vague et comme embrumée de fatigue.....

Avec quelle perversité savante Loys chantait tout cela! comme il savait graduer ses effets! comme tous les gestes de son corps, les inflexions de sa voix et les flammes de ses yeux se modelaient bien sur sa pensée!..... Il savait trouver de ces mots qui grisent comme une caresse, de ces phrases lentement voluptueuses, alourdies d'harmonie, qui bercent comme un bruit de vagues!.....

Et Alix, les mains crispées sur les bras du fauteuil, la poitrine haletante, les yeux tout grands et fixes, comme hypnotisée, écoutait. Elle n'osait faire un mouvement, dans la crainte de rompre ce charme qui l'enveloppait, et, à mesure que Loys chantait, que sa voix devenait plus chaude et ses yeux plus ardents, sa poitrine haletait davantage et des poussées de sang lui empourpraient le visage. Par moments, elle se renversait sur le dossier de son fauteuil, les yeux fermés, se figurant dormir, et la voix de Loys lui semblait une voix lointaine de rêve : il lui semblait que d'invisibles doigts, légers et doux, lui couvraient tout le corps d'énervantes caresses, et que des bouches aux lèvres palpitantes comme des ailes voletaient autour d'elle et se posaient, rapides, sur sa chair pour s'envoler aussitôt; et c'était une sensation aiguë de morsure chaude qui la faisait tressaillir et crier...

Un jour que Loys lui chantait une de ces chansons voluptueuses, elle tomba soudain à la renverse sur le dossier, les ongles égratignant le bois du fauteuil, les yeux clos, la gorge râlante, le corps saccadé de frissons, Loys comprit que le moment était venu, qu'elle était vaincue, qu'elle lui appartenait, et qu'il n'avait plus qu'à la prendre ; et, interrompant sa chanson, le cœur battant bien fort de son audace, il vint auprès d'elle, s'agenouilla à ses pieds, lui jeta la caresse chaude de ses bras autour du cou, et doucement lui mit ses lèvres sur le front dont les tempes battaient à tout rompre, sur ses yeux fermés dont les paupières humides tremblaient, sur sa bouche close qui s'entr'ouvrait, par instants, comme dans un appel de baisers. Quand elle sentit la chaleur des lèvres de Loys sur les siennes, un grand frisson lui passa par le corps; des soupirs et des cris s'étranglèrent dans sa gorge, et, de la raideur énervée de ses bras frêles, elle essaya de repousser cette bouche qui brûlait la sienne; mais Loys resserrait de plus en plus l'étreinte de ses bras et de ses lèvres, qu'il faisait souples et minces, cherchant à les insinuer entre les lèvres contractées d'Alix... Elle râlait maintenant, avec par instants de furieuses secousses qui lui raidissaient le corps, la soulevaient, entraînant Loys cramponné à sa chair par la ventouse de sa bouche et le collier de ses bras..... ; puis, insensiblement, elle cessa de résister.....

IV

APRÈS qu'elle se fut donnée, après le hurlement de sa chair voluptueusement meurtrie, lorsque, ouvrant enfin les yeux, elle sortit de cette prostration de tout son être qui l'avait jetée inerte aux caresses perverses de Loys; lorsque, regardant autour d'elle, hagarde, elle se vit seule, dans la grande salle, ne s'étant pas aperçue de la fuite précipitée du petit page terrifié de ce qu'il venait de faire, elle crut qu'elle s'était endormie et qu'elle avait rêvé; elle se leva de terre où elle avait roulé, entraînée par Loys, et voulut marcher; mais elle éprouva par tout le corps une telle sensation de fatigue et d'épuisement, qu'elle s'écroula dans son fauteuil, sans forces, ferma les yeux et se mit à revivre son rêve.

Et, peu à peu, se débarrassant lentement de ce voile de

lassitude qui les embrumait, les souvenirs, appelés par la tension de sa volonté, affluèrent à son esprit avec une netteté surprenante : elle se rappelait toute la scène dans ses moindres détails, elle se rappelait ces chansons d'amour, évocatrices de tant de voluptés nouvelles, qui l'avaient troublée si délicieusement ; cette voix si douce qui la berçait comme une caresse, lui endormant l'esprit et lui énervant le corps ; ces yeux ardents, striés de flammes folles, qui lui vrillaient les siens de leurs regards aigus..... ; ce silence terrifiant, troublé seulement par les battements fous de son cœur, quand elle s'abattit sur le dossier de son fauteuil, n'en pouvant plus, râlante, la gorge houleuse et les nerfs tendus à se rompre; puis, soudain, la caresse enlaçante de ces bras souples jetés autour de son cou, la chaleur douce de cette bouche silencieuse, posée sur son front, sur ses yeux, sur ses lèvres! — Oh! cette bouche sur la sienne, elle frissonnait encore en y pensant, tant l'acuité de la sensation avait été grande! — elle se rappelait l'élan furieux de ce corps vigoureux rué contre le sien, et elle cherchait, dans l'étirement lascif de ses membres meurtris, de ses reins fatigués et de tout son corps endolori, le souvenir des étreintes de Loys..... Et elle resta longtemps ainsi, sans force, la joue appuyée sur ses deux mains jointes, regardant sans rien voir dans le vide de la fenêtre grande ouverte, avec par instants de brusques frissons qui la secouaient toute; elle savourait sa jouissance en gourmande, par petites doses, fouillant avec son souvenir dans tous les coins de son être pour y raviver ce feu dont elle avait senti la brûlure si douce, et faire renaître cette

....

sensation inouïe de bonheur qui l'avait anéantie si délicieusement..... Et, penchée sur elle-même, elle écoutait sa chair palpiter doucement, et s'apaiser peu à peu, comme un cristal sonore qui vibre encore longtemps après qu'on l'a heurté !

***

Le lendemain, comme Loys, n'osant reparaître devant elle, ne venait pas à l'heure habituelle, elle l'envoya chercher ; et quand il entra dans la salle, la tête baissée, honteux et tremblant de tous ses membres, elle alla vers lui et lui tendit sa bouche.

***

Depuis qu'elle connaissait l'amour, depuis que ses sens s'étaient éveillés tout-puissants et insatiables sous les caresses de Loys, Alix n'était plus la même : les lèvres de son amant, en mordant dans sa chair, semblaient l'avoir pétrie de volupté et durcie de désirs ; ce n'était plus la frêle enfant de jadis, au corps gracile et incertain, qui s'en allait, mélancolique, tressaillant au moindre bruit, le cerveau peuplé de puérilités sentimentales; elle était Femme maintenant, et la splendeur vigoureuse de son corps s'affirmait chaque jour dans le développement plus accentué des formes; tout son être dégageait un parfum de volupté dont elle se grisait elle-même; elle était devenue perverse inconsciemment, et, lorsque Loys n'était pas là, elle allait lentement, de par les solitudes des grandes salles, promenant son indolence lascive, semblant toujours s'offrir à quelque étreinte lointaine; il lui semblait, par instants, que quelqu'un derrière elle,

H.G.

dont elle croyait sentir le souffle chaud sur sa nuque, allait la saisir dans ses bras, la renverser et la prendre ; et elle se laissait aller déjà, les hanches ployées, les paupières lourdes, les lèvres entr'ouvertes.....

Elle n'avait que cette unique idée : l'amour, et ne vivait que pour cela ; elle ne se rendait pas compte de la gravité de la faute, elle ne croyait pas faire mal en se livrant ainsi tout entière à l'impureté des caresses défendues ; elle aimait certes le vieux duc, mais comme un père, parce qu'il était bon et doux pour elle ; elle aimait aussi Loys parce qu'il lui avait fait connaître le véritable amour; l'un avait son cœur, l'autre avait son corps, et cela lui paraissait tout naturel; et lorsque le duc rentrait le soir de la chasse, brisé de fatigue, elle allait à sa rencontre, et, simplement, sans aucun trouble, elle lui tendait son front, de même qu'elle eût tendu ses lèvres à Loys si c'était lui qui fût venu; elle ne croyait tromper personne en les chérissant tous les deux, d'une manière différente, et si le duc, étonné de la meurtrissure de ses yeux, lui en eût demandé la raison, peut-être, naïvement, lui eût-elle tout dit!

***

Un jour que le duc la tenait contre sa poitrine, enserrée dans ses bras comme un enfant que l'on berce, elle lui noua ses bras à l'entour du cou, et, pour lui montrer qu'elle était bonne et combien elle l'aimait, poussée aussi par un besoin inconscient de caresser quelqu'un, elle lui colla sa bouche sur la joue et se mit à l'embrasser, longuement, à pleines lèvres ; et peu à peu, son imagination excitée par cette sensation toute physique du baiser, lui donna l'hallucination que c'était son amant, Loys, qu'elle tenait dans ses bras : elle se figura sentir sous ses lèvres la douceur satinée de la chair du petit page, et elle crut sentir cette chair morte et ratatinée du vieux duc palpiter et répondre à son étreinte ; et, fermant les yeux, le corps gonflé de houles, elle resserra l'enlacement de ses bras, et ses lèvres mordirent, ardentes et chaudes.

Surpris d'abord de cette fougue qu'il ne comprenait pas, le duc, au contact de cette bouche qui lui brûlait la joue, de ce corps jeune qui se frôlait, lascif, contre lui, sentit se réveiller terrible la brute qu'il croyait endormie à tout jamais en lui, et, enlevant Alix de sa poitrine, il la jeta sur le lit et se précipita sur elle, la gorge rauque, les yeux fous, les mains fourrageuses..... Alix, tout entière à son hallucination, se laissait faire, croyant que c'était son rêve, tant de fois vécu, qui continuait ; mais lorsque, ouvrant les yeux, elle vit auprès d'elle cette face de vieux congestionnée, ces yeux ardents injectés de sang, lorsqu'elle comprit enfin ce qu'il voulait, elle eut un si grand cri de frayeur en reconnaissant le duc, cela lui paraissait si monstrueux, comme un inceste, d'être aimée par ce vieillard qu'elle considérait comme un père, de la même façon que par son amant, que, raidissant tout son corps, les bras désespérément tendus, elle essaya de repousser de toutes ses forces ce corps énorme qui l'écrasait, cette tête ignoble, salie de luxure, dont la bouche lippue s'avançait vers la sienne, comme une pieuvre, tendant les tentacules molles des lèvres..... Et le duc, devant cette résistance inouïe, devant cette grande frayeur, comprit l'ignominie de son acte ; et, maîtrisant sa chair d'un brusque effort de volonté, il lâcha

Alix, et, tombant à genoux devant elle, la face enfouie dans le bas de sa robe, il pleura son pardon.

V

LE seigneur s'en revenait de la chasse plus tôt que de coutume, poussé par un besoin irréfléchi de voir Alix et de la caresser ; il avait, le long de la route, cueilli des fleurs pour elle, et il en avait fait une énorme gerbe qu'il lui apportait; il se réjouissait de la voir battre des mains et sauter de joie quand il lui offrirait ces fleurs embaumées, et il frissonnait en songeant au bon baiser dont elle le récompenserait.

Quand il pénétra dans le château, il fut surpris de ne point la voir venir, comme de coutume, à sa rencontre, se haussant sur la pointe de ses petits pieds pour monter son front jusqu'à sa bouche; il pénétra vite dans la grande salle où elle se tenait d'habitude : elle n'y était pas. Inquiet, il souleva la lourde tenture qui masquait la porte de la chambre à coucher, et soudain, poussant un cri, il blêmit horriblement et se cramponna au mur pour ne point tomber : dans le grand lit seigneurial tout saccagé, avec les couvertures en désordre tombant sur les marches de l'estrade, Alix et Loys, étroitement unis, presque nus, dormaient, ivres d'amour, cuvant leur luxure ; et malgré l'enlacement impudique de leurs corps délicats, malgré leur chair nue, toute vibrante encore des récentes caresses, malgré leurs faces jolies et fines, aux joues creusées de fatigue, auréolées de la lumière blonde de leurs chevelures emmêlées, malgré cette volupté inouïe qui se dégageait de leurs deux êtres, ils étaient presque chastes tant ils étaient beaux.

Lentement, le vieux duc s'avança vers le lit, les dents serrées, la face livide, d'une lividité d'agonie, dardant sur eux la flamme de ses regards, réprimant à grand'peine cette envie féroce qu'il avait de se ruer sur eux et de les broyer sous le martèlement de ses énormes poings..... Alix, comme gênée dans son sommeil par la fixité de ce regard, se retournait, geignante, sur sa couche ; puis elle ouvrit les yeux, et, terrifiée à la vue du duc, tout à côté d'elle, les bras croisés, qui la regardait, elle hurla un grand cri et s'évanouit. Loys, réveillé à son tour par le cri d'Alix, blêmit de frayeur; puis il se cacha le visage dans ses mains, courba les épaules et attendit le châtiment.

Le vieux duc les contemplait toujours, hésitant, ne sachant que faire en le bouleversement brusque de sa raison, se demandant s'il n'était pas le jouet de quelque atroce vision, ayant par moments de terribles poussées de colère qui le faisaient vaciller sur ses jambes, comme prêt à s'élancer; il s'avança tout près du lit et s'arrêta encore, regardant Alix évanouie..... il s'attardait à cette contemplation, éprouvant un âcre plaisir à détailler les beautés de ce jeune corps dont il se croyait le seul maître, et qu'il s'était juré, dans la pureté naïve de son amour, de ne jamais connaître, se refusant même le droit d'y penser.....

Il s'arracha, enfin, à cette douloureuse extase, et, saisissant Loys, il le jeta sur son épaule comme une masse inerte, sortit de la salle, traversa la cour et pénétra dans le donjon;

quand il fut arrivé tout au haut, il commanda à ses trois cents hommes d'armes de se masser dans la cour, au pied du donjon, en levant au-dessus de leurs têtes leurs piques et leurs hallebardes ; et, effrayant de calme, il attendit.

Debout sur sa tour, entre deux créneaux, il dominait tout l'horizon ; il voyait les grands bois où il galopait, insouciant, à la poursuite des sangliers, pendant que, chez lui, son épouse le trompait..... et, soudain, il ressentit un grand coup au cœur : il venait de reconnaître, tout au haut d'une colline, le petit chemin ombragé où, pour la première fois, il avait rencontré Alix gardant ses moutons.....

Quand il regarda dans la cour, les trois cents hommes étaient là, serrés à se toucher, les hallebardes et les piques hautes ; et c'était un saisissant spectacle que la vue de tous ces hommes, les yeux levés, silencieux et pâles, avec toutes ces lames nues où s'accrochait le soleil !..... Le petit Loys pleurait maintenant, car il comprenait que c'était fini, qu'il allait mourir, mourir pour avoir aimé, et il pleurait de mourir..... Quand tout fut prêt, le duc le prit par une jambe et le tint un instant suspendu au-dessus des piques..... puis il le lâcha.....

***

Quand le vieux duc revint dans la chambre, Alix était sortie de son évanouissement : elle avait enfoui sa tête dans ses mains et elle pleurait, et les larmes ruisselaient entre ses doigts joints. Brutalement il l'enleva du lit et la jeta à ses pieds, et, soudain, il fut frappé de quelque chose d'étrange : il lui semblait qu'un poids anormal alourdissait son corps ; il la fit mettre debout, déchira sa chemise d'un geste brusque et pâlit affreusement : contrastant avec la sveltesse de ses membres et de son corps, le ventre pointait, s'arrondissait en une boule déjà grosse, et les bouts roses de ses seins s'estompaient d'un cercle bleuâtre.....

Sur-le-champ, il réunit sa cour de justice dans la grande salle d'honneur. Alix, écroulée dans un coin, sanglotait désespérément ; il l'avait laissée toute nue, comme s'il prenait plaisir à étaler ainsi sa propre honte aux yeux de tous ; puis il parla :

« Compagnons d'armes, je

vous ai réunis pour juger et punir ; la femme que, devant Dieu et devant vous, j'avais prise pour épouse, a souillé ma couche..... J'avais pour elle l'amour d'un père pour son enfant, je la chérissais et l'adorais comme une madone, et, sur la croix de mon épée, je fais ici le serment que je l'ai toujours respectée ; et maintenant voyez, — il alla la chercher dans son coin et la força à se tenir toute droite et nue devant l'assemblée, — voyez : elle porte dans ses entrailles le fruit de ses amours sacrilèges ! Compagnons, il est écrit dans nos lois que la femme adultère doit périr par le bûcher ; mais ma vengeance ne serait pas complète : je ne veux pas qu'elle souffre seule ; je veux que cet enfant maudit qu'elle porte dans ses flancs souffre lui aussi ; je veux me repaître de leurs hurlements de douleur !.....

Et il prononça, implacable, la sentence :

— La femme adultère vivra dans un cachot jusqu'à la naissance de son enfant, et le bûcher les dévorera tous les deux..... Quant à l'autre coupable, justice est faite : les corbeaux ce soir se partageront ses dépouilles !.....

Et l'assemblée, terrifiée, se dispersa.....

Quand ils furent tous partis, le justicier s'approcha d'Alix et l'habilla du costume qu'elle portait quand il l'avait rencontrée, et qu'il avait gardé comme une relique infiniment chère; puis il la traîna dehors. Dans la cour, des soldats étaient occupés à essuyer leurs armes éclaboussées de sang, et dans un coin on avait étendu le cadavre de Loys. Il s'en approcha et, jetant Alix à genoux devant lui, il lui dit, ironique :

— Tiens, regarde une dernière fois ton amant!

Écartant de ses mains les cheveux qui lui tombaient sur les yeux, elle regarda machinalement et, soudain, poussant un cri horrible, elle tomba à la renverse, toute blanche.

C'était un épouvantable spectacle : le corps si gracile du petit page était entièrement déchiqueté ; sa poitrine étroite et pâle était crevée de cinq ou six plaies qui pleuraient du sang, et de son ventre ouvert ses entrailles, d'un mouvement lent et continu, coulaient et s'amassaient à côté, sanguinolentes ; seule, la tête avait été épargnée, la face était d'une blancheur de cire, les lèvres décolorées, et sous sa chevelure blonde, toute maculée de sang, ses yeux bleus, tout grands ouverts, regardaient fixement; des larmes tremblaient encore au bord des cils, et c'était effrayant ce cadavre qui pleurait.....

VI

C'ÉTAIT, si profondément creusé dans le roc qu'aucun bruit extérieur n'y pénétrait, un trou noir, triste comme un tombeau, qui servait de cachot. Tout au haut, par l'étroitesse d'une fente, un peu de lumière se glissait, furtive, et les rayons très vifs s'enfonçaient dans la cellule dont ils perçaient l'obscurité froide de leur clarté aiguë, et bientôt se diffusaient, se fondaient en une pâle lueur crépusculaire; et l'ombre semblait lutter désespérément pour tuer cette lueur indiscrète; on la devinait, s'élevant silencieusement de tous côtés, se massant dans les coins en couches épaisses et montant, sournoise, le long des parois, comme prête à s'élancer pour boucher ce trou clair, pour étouffer cette lumière qui la gênait. Un mince filet d'eau, qui s'était glissé par les interstices du rocher, suintait lentement sur l'un des murs; et cela coulait, sans cesse, en petites rigoles sinueuses, avec un bruissement frêle; le sol était tout détrempé, et c'était une boue grasse et noire.

C'est dans cet *in-pace* que le vieux duc avait enfermé Alix, en attendant le moment de la supplicier.

***

Voilà longtemps déjà qu'Alix est murée dans ce tombeau..... Tous les jours, par l'ouverture ronde du plafond, on lui jetait quelque chose à manger, et, pour boire, elle était obligée de passer sa langue sur le mur humide. Elle s'était si souvent traînée sur les genoux et frottée contre les pierres que sa robe de toile s'était déchirée toute, les lambeaux en étaient restés accrochés aux aspérités du roc; et maintenant elle était nue; et, dans l'obscurité pâle de la cellule, la blancheur mate de cette nudité avait des rayonnements très doux. Sa chevelure, dont elle ne prenait plus soin, s'écroulait en désordre, et c'était une luxuriante nappe d'or épandue sur l'autel blanc de sa chair, un manteau infiniment précieux et rare qui enveloppait son corps chétif

de sa caresse moelleuse et chaude.

Dans le chaos des épouvantables événements qui l'avaient frappée pendant le dernier jour de sa vie sur la terre, son pauvre esprit si faible avait été bouleversé, et la vue du cadavre déchiqueté de son amant, avec ces deux yeux morts, tout grands, qui la regardaient fixement, avait fini de le détraquer tout à fait; et maintenant elle était folle, d'une folie très douce. Elle se tenait ordinairement accroupie dans un coin de la cellule, s'amusant à faire rouler entre ses doigts les longues tresses de ses cheveux; puis, par instants, sa bouche disait un nom, toujours le même : « Loys! » et dans le silence terrifiant de ce tombeau, ce nom montait, triste et monotone, comme une plainte de blessée..... D'autres fois, elle chantait, et c'étaient les chansons perverses d'amour que Loys lui avait apprises, ou les naïfs refrains des champs qu'elle fredonnait jadis, en gardant ses moutons, qui lui revenaient soudain aux lèvres..... Puis, elle laissait errer machinalement ses mains sur son ventre qui grossissait, devenait énorme : cela l'amusait comme un jouet nouveau, cette masse ronde et dure, et pendant de longues heures ses mains distraites s'y promenaient.....

***

De temps en temps, par le trou de la voûte, on jetait dans la cellule une échelle de corde, et le duc venait voir l'état de sa victime..... Cet épouvantable coup au cœur qu'il avait ressenti en se voyant trahi par celle qu'il adorait si tant, l'avait vieilli de dix ans en une minute; il n'avait pu se défaire du tremblement nerveux qui l'avait saisi lorsqu'il avait aperçu Loys et Alix dormant, enlacés, dans son lit; sa haute taille s'était cassée, ses rides s'étaient creusées plus profondes, et son visage semblait mort; seuls, ses yeux, sous l'embroussaillement de ses épais sourcils, brillaient, méchants, lourds de haine.....

Quand il descendait ainsi dans le cachot, Alix, instinctivement, se blottissait dans le coin le plus sombre, et elle le regardait de l'égarement de ses yeux...., Lui, brutal, la faisait lever toute droite, et s'assurait des progrès de l'œuvre : il passait, farouche, ses grosses mains velues sur sa nudité pâle, et il sentait, au contact de cette chair douce, des envies féroces de crever, d'un poing furieux, ce ventre bombé, qui s'avançait énorme, comme pour le narguer..... Mais il se contenait, attendant l'heure de la vengeance.

***

Cependant, chez Alix, la Nature toute-puissante travaillait infatigablement : son ventre devenait monstrueux, et, maintenant, elle était obligée de se tenir accroupie dans un coin, tant cette masse la gênait pour se mouvoir ; puis les souffrances commencèrent : ce fut d'abord un malaise vague qui l'angoissait sourdement, rendait son ventre houleux et lui remplissait la gorge de hoquets ; puis, insensiblement, le malaise augmenta, devint une souffrance réelle, et la Douleur s'installa victorieuse dans son corps. La sensation qu'elle éprouvait était très nette : il lui semblait, par moments, qu'une main brutale lui pénétrait dans le corps, et, saisissant ses entrailles à pleins doigts, s'amusait à les tordre et à les déchirer..... Puis la douleur cessait brusquement, et elle retombait dans son coin, haletante, éprouvant une telle sensation de bien-être qu'elle restait des heures entières sans oser faire un mouvement; puis la crise revenait, et les souffrances étaient si fortes qu'elle se traînait sur le sol, hurlante, les deux mains crispées sur son ventre, comme pour en arracher ce mal qui la torturait.....

Le vieux duc venait la voir souvent, maintenant, se rendant bien compte que l'heure de la délivrance était proche; il éprouvait un atroce plaisir à la voir se rouler à ses pieds, hurlante de douleur; mais, un jour qu'il était là, elle eut une crise si violente, il fut tellement effrayé de la voir se trainer sur le sol, poussant des cris inarticulés, la tête heurtée aux murs et la chair saignante sous l'égratignure des ongles, qu'il eut peur de la voir mourir. Ah! cette mort aurait été trop douce! sa vengeance demandait la torture d'une souffrance plus atroce; il ne se sentait pas le courage d'attendre plus longtemps, et puisque l'enfant ne voulait pas naître, il le brûlerait dans le ventre de sa mère.

Et il la fit sortir de son cachot.

Quand il la vit au grand

jour, elle lui fit presque pitié, tant il la trouva changée ; il eut peine à reconnaître, en ce squelette pâle, la fraîche enfant svelte et gracile qu'il avait tant aimée jadis : sa figure avait pris la teinte terreuse de sa prison, ses lèvres étaient blanches, ses joues caves et ses yeux éteints ; elle était devenue d'une effrayante maigreur : toute sa chair s'en était allée pour alimenter cette autre vie qui germait dans ses flancs, et c'était monstrueux de voir cette énorme masse du ventre étalée dans cette maigreur..... Sur sa poitrine étroite, où tous les os saillaient et semblaient vouloir crever la peau, ses seins gonflés de lait érectaient leur fermeté superbe; et sur ce corps difforme, comme un voile qu'on aurait jeté pour le cacher, sa chevelure se déroulait, splendide, lui coulant le long des reins comme une lumineuse cascade de soleil.

Lorsque, sortie de l'obscurité de son cachot, elle s'était soudain trouvée au grand jour, éblouie, elle avait à demi fermé les yeux; et, maintenant qu'elle s'y était peu à peu habituée, elle regardait toutes ces choses qui l'entouraient comme des choses inconnues ; dans le détraquement de sa pauvre tête fêlée, elle souriait à la lumière gaie, à ce bon air pur qu'elle respirait à pleins poumons, aux arbres dont elle apercevait les cimes vertes à travers l'échancrure des créneaux, aux hommes d'armes rangés immobiles et tristes sur son passage ; et son sourire était très doux, et faisait mal à voir.

IMPLACABLE, le vieux duc prépara sa vengeance : il fit empiler dans la grande cour d'honneur des fagots et des bûches de bois très sec, car il ne voulait pas qu'il y eût de fumée, dans le grand désir qu'il avait de la voir brûler toute, jusqu'à son dernier lambeau de chair; puis, sur le bûcher, il fit mettre le grand lit seigneurial, le lit qu'elle avait souillé de l'impureté de sa luxure; quand tout fut prêt, il attacha sa victime à l'une des colonnes torses du lit, puis il congédia tous ses serviteurs, s'assit à quelques pas du bûcher, dans ce même fauteuil où il l'avait tenue si souvent blottie toute petite dans l'enlacement de ses bras, et il regarda sa vengeance.

Elle était debout, forcée de se tenir droite, et, dans cette attitude, son ventre lourd tombait, l'entraînant en avant.....

Elle regardait son bourreau, et, devant la fixité gênante de son regard, le duc sentait de grands frissons lui passer par le corps.

Et, soudain, elle eut une crise : elle se tordait le long de la colonne, la gorge pleine de cris, ses pauvres yeux en larmes levés au ciel, dans une prière désespérée..... Ses flancs, secoués de houles, remuaient ; puis ses jambes fléchirent sous cette énorme masse, et elle resta suspendue par les poignets, dont les chaînes qui les encerclaient lui déchiraient la peau..... Elle hurlait maintenant, et c'était une plainte continue et monotone, qui faisait tressaillir le vieux duc.

Dans sa crainte de la voir mourir ainsi subitement, il se leva, s'approcha du bucher et y mit le feu.

Ce fut d'abord une petite flamme bleue, vive et légère comme un feu follet, qui courut, en léchant les brindilles..... Puis elle s'agrandit soudain, et, dans un crépitement joyeux, elle monta..... La crise s'était calmée et Alix souriait à cette flamme qu'elle trouvait jolie et qui montait de plus en plus..... Et tout d'un coup elle mordit dans ses cheveux qui lui tombaient aux

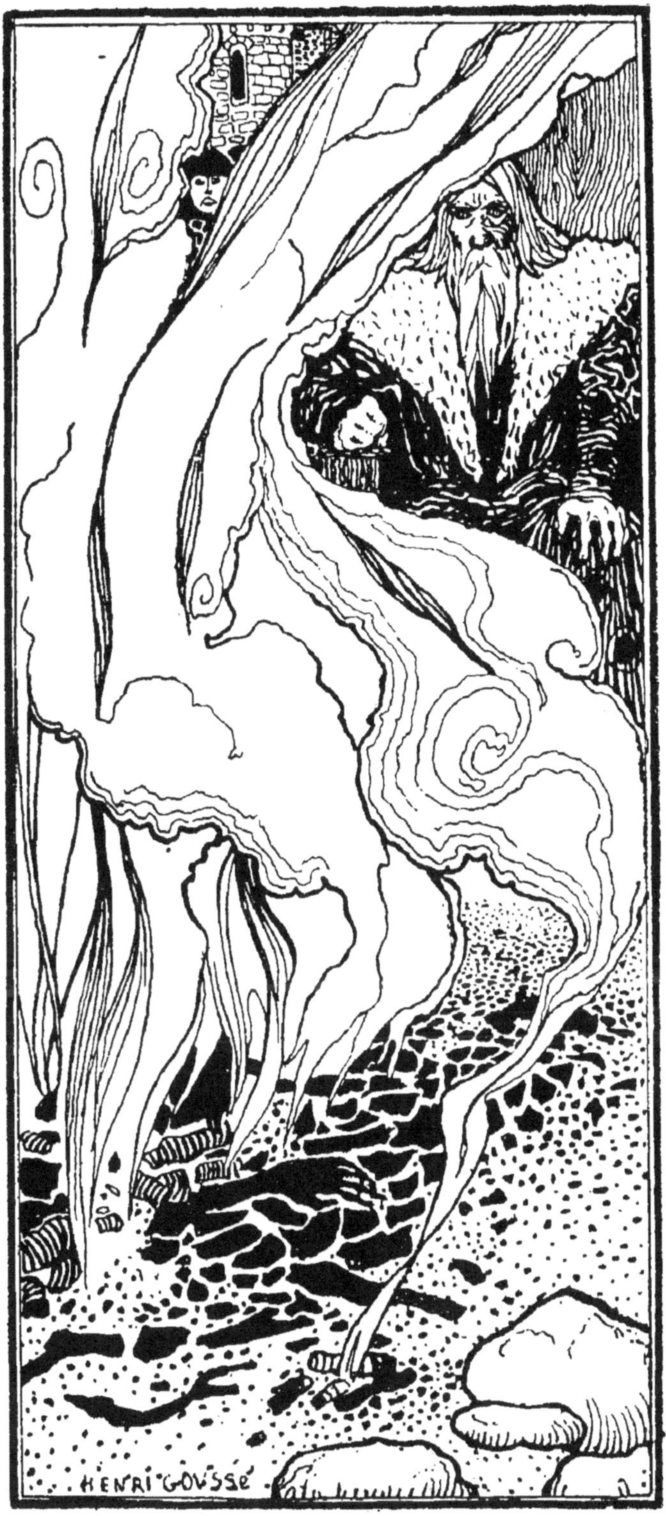
HENRI GOVSSÉ

talons, et ce fut une longue traînée de feu qui lui courut tout le long du corps et lui entoura un instant la tête de son auréole rouge..... Puis tout s'éteignit..... Les boiseries du lit commençaient à prendre feu, et les têtes des chevaliers qui le sculptaient semblaient rire atrocement au milieu des flammes qui les léchaient..... Elles arrivaient maintenant aux pieds d'Alix ; quand elle en sentit la morsure, elle jeta un cri si déchirant, en tirant violemment sur ses chaînes, que le Justicier ferma un moment les yeux, tremblant de tous ses membres..... Elle sautait sur place, essayant d'éviter cette langue de feu, et le duc voyait la chair se boursoufler, se fendiller, et le peu de graisse qu'elle avait encore suinter par les fentes et brûler..... Les flammes maintenant, lui ayant dévoré les pieds, grimpaient le long des jambes..... Elle n'avait plus la force de hurler..... elle râlait, les yeux fermés, comme morte.....

Cependant la Nature travaillait toujours, et c'étaient dans son corps de furieuses secousses qu'elle ne sentait même plus..... Et, soudain, péniblement d'abord, puis brusquement, comme par une détente de ressort, l'enfant sortit et tomba dans le brasier.....

Dans la douleur atroce de la délivrance, Alix avait ouvert les yeux et elle regardait fixement ce petit paquet de chair, dans son berceau de braise, qui brûlait..... Les flammes montaient maintenant le long des cuisses et venaient lécher le ventre qui retombait, flasque et mou comme une outre vidée; on eût dit qu'elle ne sentait rien : elle regardait son enfant qui n'était plus qu'une masse de graisse en fusion..... Son esprit travaillait..... Et soudain sa tête tomba sur son épaule,

....

et sa pauvre petite âme folle s'envola sans comprendre.

. . . .

. . . .

Le bûcher maintenant était tout entier embrasé : les flammes, d'un élan furieux, semblaient monter à l'assaut de cet amas de chair morte..... Puis brusquement, dans une nuée d'étincelles crépitantes, tout s'écroula.....

***

Le lendemain, quand le vieux duc fit fouiller les décombres, il trouva deux petits morceaux d'os calcinés, encore entourés de chaînes, et qui s'effritèrent en poussière fine dès qu'il les toucha..... C'était tout ce qui restait d'Elle, de son corps svelte, de ses bras blancs et menus, dont il avait si souvent senti la caresse douce à l'alentour de son cou.

Bordeaux, mars 1893.

TABLE

Pages

"TRAVAILLONS"

IMPRIMERIES
G. GOUNOUILHOU

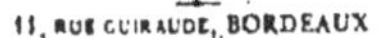
11, RUE GUIRAUDE, BORDEAUX

TRAVAILLONS
IMPRIMERIES
G. GOUNOUILHOU
11, RUE GUIRAUDE, BORDEAUX

www.ingramcontent.com/pod-product-compliance
Lightning Source LLC
LaVergne TN
LVHW012006220826
846092LV00001B/255

* 9 7 8 2 3 2 9 2 9 4 8 7 2 *